Christiane Sauer & Dirk Konnertz

# Power-Gedächtnis

## – fit in 30 Minuten

Kids auf der Überholspur

Die Deutsche Bibliothek - CIP-Einheitsaufnahme

Ein Titeldatensatz für diese Publikation ist bei Der Deutschen Bibliothek erhältlich

Herausgeber: Das LernTeam, Marburg
Redaktion: Astrid Hansel, Frankfurt/Main
Layout, Illustrationen, Titel: Ulf Marckwort, Kassel
Layout, Satz: Frank Werner, Kassel
Druck und Verarbeitung: Salzland Druck, Staßfurt



Hinweis:
Dieses Buch ist sorgfältig erarbeitet worden. Dennoch erfolgen alle Angaben ohne Gewähr. Weder Autoren noch Verlag können für eventuelle Nachteile oder Schäden, die aus den im Buch gemachten Hinweisen resultieren, eine Haftung übernehmen.

Printed in Germany

ISBN 3-89749-071-4

# In 30 Minuten auf die Überholspur!

Dieses Buch ist so konzipiert worden, dass du in kurzer Zeit erfährst, wie erfolgreiches Lernen funktioniert.

- Jedes Kapitel beginnt mit drei zentralen Fragen, die im Verlauf des jeweiligen Kapitels beantwortet werden.
- Nach jedem Kapitel werden die wichtigsten Inhalte noch einmal zusammengefasst.

Da dieses Buch so klar und deutlich strukturiert ist, kannst du es immer wieder zur Hand nehmen, um schnell die für dich interessanten Teile zu wiederholen. Das Stichwortregister wird dir dabei eine zusätzliche Hilfe sein.

# Inhalt

# Hallo und herzlich willkommen!

*„Zu verlangen, dass einer alles, was er je gelesen, behalten hätte, ist wie verlangen, dass er alles, was er je gegessen hätte, noch bei sich trüge."*

Dieser Satz des Philosophen Arthur Schopenhauer spielt auf eine wichtige Eigenschaft unsers Gedächtnisses an: das Vergessen. Würde ein Mensch die vielen Informationen, die jeden Tag auf ihn einstürmen, im Gedächtnis abspeichern, dann würde er bereits nach kurzer Zeit vor dem totalen Kollaps stehen. Davor bewahrt uns unser Gedächtnis, indem es in Sekundenschnelle darüber entscheidet, was es behalten und was es wieder vergessen will. Allerdings liegt auch gerade hier das Problem!

Also – was ist zu tun, damit dein Gedächtnis nicht ausgerechnet die wichtigen Englischvokabeln oder Matheformeln für die nächste Klassenarbeit vergisst? Wie kannst du schneller viele Informationen auf einmal in deinem Gedächtnis abspeichern?

Und wie kannst du in Zukunft nicht nur besser, sondern vor allem mit wesentlich mehr Spaß ans Lernen gehen? Auf diese und weitere Fragen rund um das Gedächtnis wirst du in diesem Buch viele Antworten in Form von interessanten, pfiffigen und erstaunlichen Lerntipps finden. Probier die verschiedenen Techniken einfach einmal aus, und du wirst bald merken, wie dein Gedächtnis sich zu einem wahren Power-Gedächtnis entwickelt!

**Aufbau des Buches**

- In *Kapitel 1* erhältst du zunächst einige wichtige Informationen über die Funktionsweise deiner beiden Gehirnhälften und deines Gedächtnisses.
- In *Kapitel 2* erfährst du dann, wie du Lernstoff gehirngerecht lernen, wiederholen und dauerhaft abspeichern kannst.
- In *Kapitel 3* zeigen wir dir, wie du dein Gedächtnis „überlisten" und deinen Gedächtnis-Turbo einschalten kannst. Mit den vorgestellten Techniken wird es dir wesentlich leichter fallen, innerhalb kurzer Zeit viele Informationen auf einmal zu lernen und dich optimal auf Klassenarbeiten vorzubereiten.
- In *Kapitel 4* erhältst du schließlich noch einige interessante und lustige Trainings-Tipps, damit aus deinen „kleinen grauen Zellen" bald ein Power-Gedächtnis wird.

**Viel Spaß und Erfolg wünschen dir**

**Christiane Sauer & Dirk Konnertz**
**(www.lernteam.de)**

# 1. Der Weg ins Langzeitgedächtnis

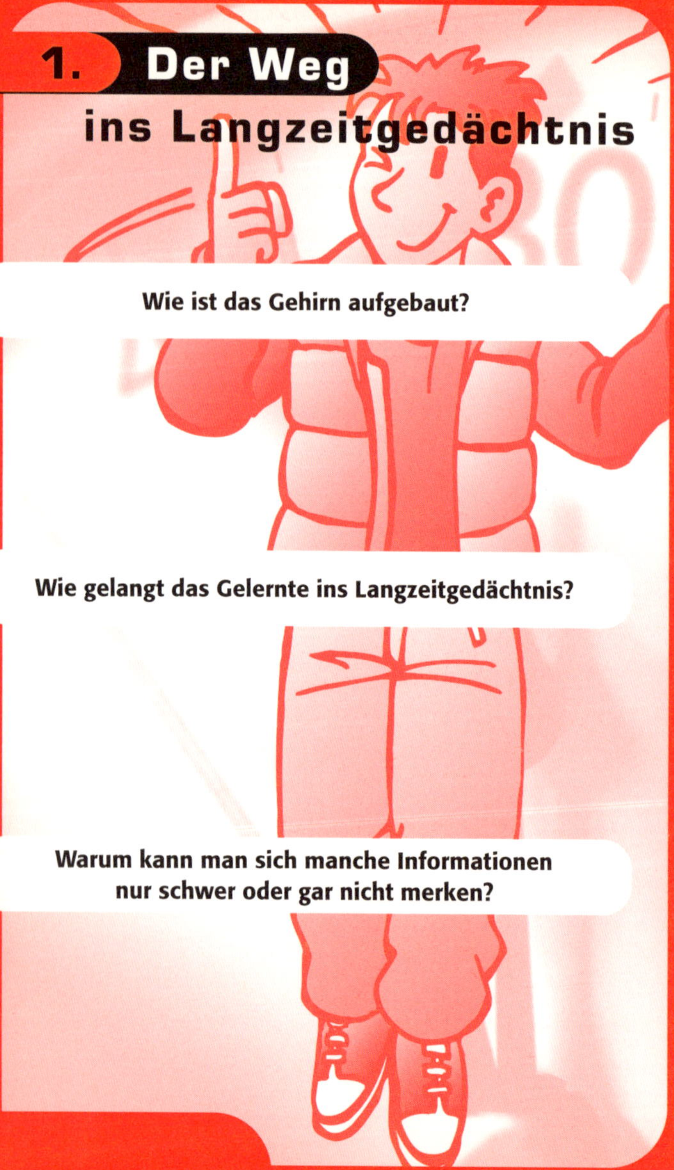

**Wie ist das Gehirn aufgebaut?**

**Wie gelangt das Gelernte ins Langzeitgedächtnis?**

**Warum kann man sich manche Informationen nur schwer oder gar nicht merken?**

Hast du dich schon einmal gefragt, warum du trotz stundenlangem Lernen viel bald wieder vergessen hast? Manche Wörter oder auch Zahlen und Fakten kannst du nur mit großer Anstregung bis zur nächsten Klassenarbeit behalten, oder sie wollen erst gar nicht in deinem Gedächtnis bleiben. Woran liegt das? Und wie ist es angesichts dieser „Lernqualen" zu erklären, dass dein Klassenkamerad neue Vokabeln viel leichter lernt oder z. B. ein Bühnenschauspieler seinen Text mühelos behalten kann?

Die Antwort auf diese Fragen hat zum Glück nichts mit der Größe des Gehirns zu tun, denn dann wäre uns ein Elefant, dessen Gehirn über 5.000 Gramm wiegt, geistig weit überlegen. Das ist er aber nicht, obwohl das menschliche Gehirn im Durchschnitt nur 1.500–1.600 Gramm wiegt. Das „Geheimnis" des menschlichen Gehirns liegt vielmehr in seiner Struktur und Organisation, die uns zu fast unglaublichen Spitzenleistungen befähigt.
Vielleicht hast du im Fernsehen schon einmal Gedächtniskünstler beobachtet, die innerhalb kurzer Zeit z. B. eine schier endlose Zahlenreihe oder Wortliste auswendig lernen können. Dabei haben weder diese Künstler noch der schlaue Klassenkamerad oder der Schauspieler magische Fähigkeiten. Sie nutzen nur einfach auf sehr kluge Weise die Fähigkeiten ihres Gehirns. Ein kurzer Blick auf die Struktur des Gehirns ist also sicher lohnenswert.

# Die linke und die rechte Gehirnhälfte

**LINKE GEHIRNHÄLFTE**

VERARBEITET INFORMATIONEN NACHEINANDER

NIMMT EINZELHEITEN WAHR (Z.B. DAS BLATT)

DENKT LOGISCH

ANALYSIERT

STELLT REGELN AUF

VERMEIDET FEHLER

SPRICHT VERBAL

HÖRT DETAILLIERT

LIEST

SCHREIBT

RECHNET

PLANT

ORDNET

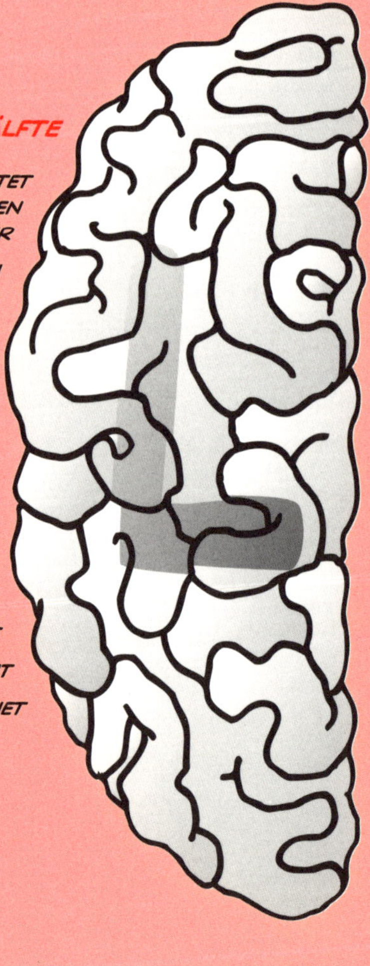

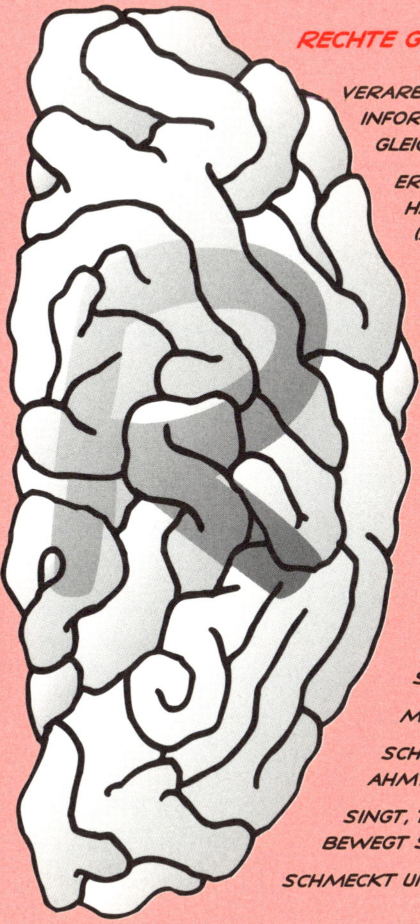

## RECHTE GEHIRNHÄLFTE

VERARBEITET INFORMATIONEN GLEICHZEITIG

ERFASST DAS GANZE, HAT DEN ÜBERBLICK (Z.B. DIE BLUME)

FÜHLT UND TRÄUMT

IST SPONTAN UND NEUGIERIG

BRICHT REGELN

SPEKULIERT, WILL DAS RISIKO

VERWENDET NON-VERBALE KÖRPERSPRACHE (GESTIK, MIMIK)

IST INTERESSIERT AM KLANG

FANTASIERT, STELLT SICH BILDER VOR

MALT, ZEICHNET

SCHAUSPIELERT, AHMT NACH

SINGT, TANZT, BEWEGT SICH

SCHMECKT UND RIECHT

1981 erhielt der amerikanische Neurophysiologe Roger Sperry für seine Entdeckungen über das menschliche Gehirn den Nobelpreis für Medizin. Er fand in jahrelanger Forschungsarbeit heraus, dass die linke bzw. rechte Großhirnhälfte jeweils für bestimmte Fähigkeiten, Wahrnehmungen und Tätigkeiten verantwortlich ist. Die Grafik auf den beiden vorigen Seiten soll dir diese Arbeitsteilung modellhaft verdeutlichen.

Sperrys Testergebnisse trugen maßgeblich dazu bei, dass sich das Verständnis über die Funktionsweise des menschliche Gehirns änderte. Damit ist Sperry einer der Wegbereiter für eine Vielzahl von gehirngerechten Lern- und Arbeitstechniken geworden.

## Die Dominanz der linken Gehirnhälfte

Welche Gehirnhälfte du z. B. bei der Lösung einer Aufgabe einsetzt, entscheidet sich innerhalb von Sekundenbruchteilen. Diese Entscheidung ist u. a. stark beeinflusst von deiner Erziehung und Schulausbildung. Wenn du dir das Gehirnmodell genau anschaust, wirst du schnell bemerken, dass in unserer westlichen Gesellschaft – also auch in unseren Schulen – die linke Gehirnhälfte oft bevorzugt wird. Das kann dazu führen, dass die vor allem auch für den Alltag wichtigen Fähigkeiten der rechten Gehirnhälfte verkümmern.

Abgesehen davon kostet das einseitig links-hirnige Lernen wesentlich mehr Energie und Zeit, da du ja nur mit halber Kraft lernst.

## Teste dich selbst – bist du eher ein links- oder ein rechtshirniger Typ?

Das folgende kleine Experiment kann dir zeigen, welche Gehirnhälfte du bevorzugt einsetzt. Lies dir den folgenden Text einmal durch und versuche ihn dann auswendig zu wiederholen:

*„Ein Zweibein sitzt auf einem Dreibein und isst ein Einbein. Da kommt ein Vierbein und nimmt dem Zweibein das Einbein weg. Da nimmt das Zweibein das Dreibein und schlägt das Vierbein." (nach V. F. Birkenbihl)*

Konntest du den Satz sofort wiederholen? Wenn ja, dann hast du beim Lesen (linke Gehirnhälfte) gleichzeitig die bildliche Vorstellungskraft deiner rechten Gehirnhälfte genutzt und dir für das Einbein, Zweibein, Dreibein und Vierbein z. B. ein Hühnerbein, einen Menschen, einen Schemel und einen Hund vor deinem inneren Auge vorgestellt.

## Volle Kraft voraus mit beiden Gehirnhälften

Wie das Experiment zeigt, arbeitet dein Gedächtnis schneller und leichter, wenn du die Fähigkeiten deiner beiden Gehirnhälften sinnvoll nutzt.

Die in diesem Buch vorgestellten Lerntechniken für ein Power-Gedächtnis funktionieren genau nach diesem Prinzip.

# Vom Ultrakurzzeit- ins Langzeitgedächtnis

Eine wichtige Funktion des Gedächtnisses ist „leider" das Vergessen. Der folgende kleine Test soll dir diese Tatsache veranschaulichen:

**Ein kleiner Zahlentest**

Lies dir die erste der folgenden drei Zahlenreihen in normalem Tempo und gleich bleibendem Rhythmus einmal vor oder lass sie dir von einer zweiten Person einmal vorlesen. Danach klapp das Buch zu und schreib die Zahlen aus dem Gedächtnis der Reihe nach auf. Wiederhol diesen Vorgang anschließend mit der zweiten und dritten Zahlenreihe.

6 Zahlen: 3, 5, 14, 1, 9, 18
9 Zahlen: 8, 17, 2, 12, 6, 15, 0, 23, 3
12 Zahlen: 13, 7, 10, 21, 4, 12, 9, 5, 3, 11, 2, 19

Wahrscheinlich hast du die erste Zahlenreihe leicht erinnern können, von der zweiten Reihe konntest du hingegen nur ca. fünf bis sieben Zahlen aufzählen und bei der dritten Reihe hat dein Gedächtnis vermutlich gestreikt und du hast vielleicht sogar weniger als fünf Zahlen behalten. Aber keine Sorge, dein „Gedächtnisschwund" hat nichts mit mangelnder Intelligenz zu tun. Vielmehr hat dein Gedächtnis klug gehandelt und dich gegen überflüssigen „Gedächtnismüll" geschützt, indem es unbrauchbare Informationen einfach wieder vergessen hat.

Wie diese scheinbare Aufnahmebeschränkung von ca. fünf bis sieben Informationen zu erklären ist, lässt sich durch einen Blick auf die Funktionsweise des menschlichen Gedächtnisses erklären. Jede Information, z. B. eine Vokabel, muss drei Filter durchlaufen, bis sie so fest im Gedächtnis verankert ist, dass sie nicht mehr vergessen werden kann.

### Erster Filter: Das Ultrakurzzeitgedächtnis (UKZG)

Die Aufnahmebeschränkung von ca. sechs voneinander unabhängigen Informationen bezieht sich im Wesentlichen auf diesen ersten Filter. Nur etwa 20 Sekunden bewegen sich die einzelnen Informationen in Form von schwachen elektrischen Strömen in deinem Gehirn. Danach entscheidet sich, ob sie wieder vergessen werden oder in den nächsten Filter wandern.

Unbrauchbar oder nur schwer zu behalten sind Informationen für das UKZG z. B. dann, wenn sie für dich uninteressant oder unverständlich sind, wenn du zu viele Informationen in zu kurzer Zeit lernen willst oder gestört wirst.

### Zweiter Filter: Das Kurzzeitgedächtnis (KZG)

Hat eine Information den ersten Filter überstanden, dann befindet sie sich im KZG, wo sie ca. 20 Minuten bleibt. Während dieser Zeit werden in deinem Gehirn neue und festere Nervenbahnen angelegt, die für die Speicherung und Weiterleitung der neu gelernten Informationen zuständig sind. Dieser wichtige Vorgang kann jedoch auch unterbrochen werden, z. B. durch einen Schock oder auch einfach durch fehlende oder falsche Wiederholung des Lernstoffs.

### Dritter Filter: Das Langzeitgedächtnis (LZG)

Hat eine Information den Weg in das LZG erst einmal gefunden, dann ist sie dort auch für immer abgespeichert. Trotzdem ist es möglich, dass du auch diese Informationen nicht immer sofort abrufen kannst. Sicherlich ist dir das schon mit Vokabeln passiert, deren Übersetzung du eigentlich einmal genau gewusst hast, die dir aber später einfach nicht mehr einfallen wollten. Damit dein Gedächtnis die Wege zum gespeicherten Wissen gut finden kann, ist es wichtig, dass du den Lernstoff regelmäßig wiederholst. (Lies dazu Seite 26 f.) Denn je fester und verzweigter die einzelnen Gehirnzellen miteinander verbunden sind, umso sicherer findet dein Gedächtnis den gelernten Stoff auch wieder.

In den folgenden Kapiteln dieses Buches wollen wir dir nun eine Menge sinnvoller Tipps und Lerntechniken vorstellen, die dir helfen werden, gehirn-gerechter und damit schneller und leichter zu lernen. Was dein Power-Gedächnis bei „fachgerechter Nutzung“ alles leisten kann, wird sicher nicht nur dich in Staunen versetzen.

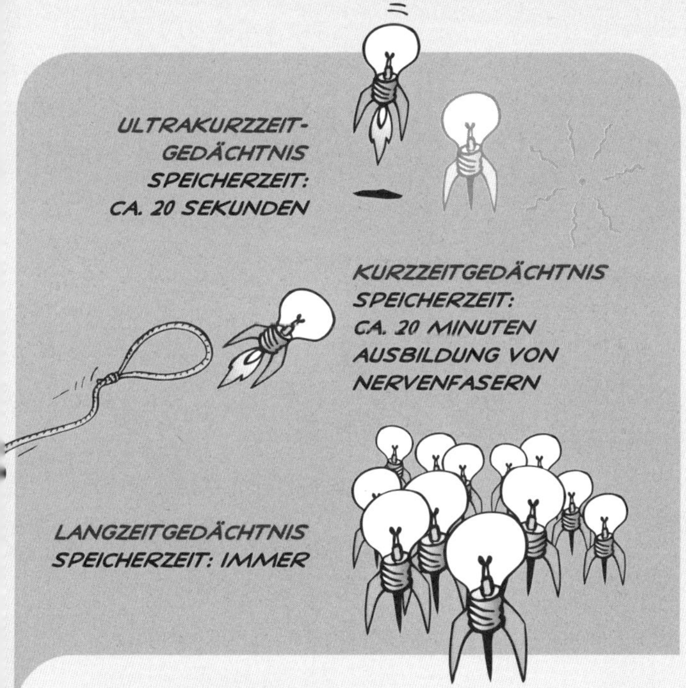


## Zusammenfassung

- **Die erfolgreiche Speicherung von Wissensinhalten hängt vor allem davon ab, wie gut du die Funktionsweise deines Gehirnes und Gedächtnisses kennst.**
- **Mit voller Kraft lernst du z. B. erst dann, wenn du die Fähigkeiten beider Gehirnhälften beim Lernen sinnvoll miteinander verbindest.**
- **Außerdem solltest du wissen, dass jeder Lernstoff erst verschiedene Gedächtnisfilter durchlaufen muss, bevor er sicher im Langzeitgedächtnis abgespeichert werden kann.**

# 2. Lernstoff erfolgreich abspeichern

Wie wird langweiliger Lernstoff interessanter?

Wie findet man seinen persönlichen Lernrhythmus?

Was ist zu tun, wenn Angst und Stress das Lernen zur Qual machen?

Alle Gehirnzellen und die sie verbindenden Nervenfasern zusammengenommen ergeben eine Strecke von ca. 500.000 Kilometer Länge. Das ist weiter als die Entfernung von der Erde zum Mond! Damit steht dem Menschen ein gigantischer und sehr flexibler Denkapparat zur Verfügung. Das Gehirn kann z. B. beim Sport sehr schnell auf neue Situationen reagieren und dazulernen.

Wissenschaftler haben dazu interessante Dinge herausgefunden: Die Hirnregion, die bei rechtshändigen Violinisten und Cellisten die linke Hand repräsentiert, ist um 30 Prozent größer als bei Nicht-Musikern. Für die Feinabstimmung der Finger werden nämlich viel mehr Nervenzellen gebraucht. Bei einem Taxifahrer sind hingegen die Regionen im Gehirn besonders gut ausgebildet, in denen sich das Ortsgedächtnis befindet. Bei jeder Fahrt greift der Taxifahrer auf dieses Wissen zurück und baut es bei neuen Fahrtstecken weiter aus. Offenbar können aber auch die gleichen Gehirnregionen für verschiedene Tätigkeiten genutzt werden. So benutzt z. B. ein Blinder zum Lesen der Blindenschrift die gleichen Regionen wie ein sehender Mensch beim Lesen. Das Gehirn kann hier also vom Sehsinn auf den Tastsinn umstellen.

Übrigens: Forscher haben herausgefunden, dass vor und während der Pubertät einige Hirnteile enorm wachsen. Gute Voraussetzungen also für dein Power-Gedächtnis!

# Mehrkanaliges Lernen

Wahrscheinlich hast du schon einmal die Erfahrung gemacht, dass du dich an eine gesuchte Vokabel oder eine bestimmte Information erst dann wieder erinnerst, wenn du die Seite im Buch oder im Heft, auf der die Vokabel oder Information geschrieben steht, genau vor deinem inneren Auge sehen kannst. Ein vergleichbares Phänomen ist, dass z. B. beim Hören eines alten Liedes plötzlich wieder vergangene Gefühle und Bilder wachgerufen werden oder dass du mit dem Geruch von Schokoladenkuchen z. B. das Bild von deiner Oma beim Kuchenbacken und den Geschmack des Kuchens verbindest.

**Verknüpfung der Gedächtnisinhalte**

Dieses Verhalten des menschlichen Gedächtnisses ist damit zu erklären, dass bestimmte Gedächtnisinhalte eng miteinander verknüpft sind. Aufgenommen werden diese Inhalte über unsere Wahrnehmungskanäle – die fünf Sinne:

- das Sehen (visueller Sinn)
- das Hören (auditiver Sinn)
- das Fühlen (kinästhetischer Sinn)
- das Riechen (olfaktorischer Sinn)
- das Schmecken (gustatorischer Sinn).

Je mehr Sinne bzw. Wahrnehmungskanäle an einer Erfahrung beteiligt sind, umso schneller speichert dein Gedächtnis diese neuen Inhalte ab und umso leichter sind sie auch später wieder auf verschiedenen Wegen abrufbar. Beim Lernen von Vokabeln und anderem Lernstoff kannst du diese Eigenschaften deines Gedächtnisses gut nutzen!

## Einsatz von linker und rechter Gehirnhälfte beim Lernen

Wie du auf den Seiten 10 und 11 lesen kannst, verteilen sich deine Wahrnehmungs- bzw. Lernkanäle auf die linke und rechte Gehirnhälfte. Um deine Gedächtnisleistungen voll auszunutzen, solltest du beim Lernen also möglichst viele Fähigkeiten der beiden Gehirnhälften miteinander verbinden. Das folgende Gedicht kannst du mühelos behalten, wenn du den Text beim Lesen laut mitsprichst, dir bildlich vorstellst, was in der Geschicht passiert, und dies wie ein Schauspieler mit Gestik und Mimik beim Vortragen darstellst.

**Übung**

### ottos mops

ottos mops trotzt
otto: fort mops fort
ottos mops hopst fort
otto: so so
otto holt koks
otto holt obst
otto horcht
otto: mops, mops
otto hofft
ottos mops klopft
otto: komm, mops, komm
ottos mops kommt
ottos mops kotzt
otto: ogottogott

**Richtig Vokabeln lernen**

Vokabeln lernen kann sehr langweilig und mühselig sein – muss es aber nicht! Auch beim Lernen von Vokabeln kannst du viel Zeit und Mühe sparen, wenn du mehrkanalig lernst, also die Fähigkeiten der linken und rechten Gehirnhälfte miteinander verbindest. Das macht nicht nur mehr Spaß, sondern die gelernten Vokabeln werden auf diese Weise auch sicher in deinem Langzeitgedächtnis verankert.

Eine englische Vokabel, z. B. „chives" (Schnittlauch), kannst du lernen, indem du

- sie auf Kassette sprichst und wiederholt abhörst
- sie dir selber laut vorliest
- sie schreiben übst
- sie einem Themengebiet zuordnest ( „herb", Kraut)
- sie dir bildlich vorstellst oder eine Zeichnung anfertigst
- dir einen Geschmack oder Geruch dazu vorstellst oder ein Gefühl damit verbindest
- sie wenn möglich pantomimisch, also mit Gestik und Mimik, darstellst (z. B. Schnittlauch in kleine Stücke schneiden).

# Die richtigen Lernportionen



Hast du den Zahlentest auf der Seite 14 ausprobiert? Falls noch nicht, dann solltest du dies jetzt unbedingt nachholen, bevor du weiterliest!

## Nicht mehr als fünf bis sieben Infos auf einmal

Der Zahlentest hat gezeigt, dass dein Ultrakurzzeitgedächtnis – der erste Filter auf dem Weg zum Langzeitgedächtnis – nicht mehr als fünf bis sieben voneinander unabhängige Informationen speichern und in den zweiten Filter, das Kurzzeitgedächtnis, weiterleiten kann. Wenn du z. B. zehn Vokabeln auf einmal lernst, ist die Wahrscheinlichkeit also groß, dass du die Hälfte davon umsonst gelernt hast, weil sie dein Gedächtnis schnell wieder als unsinnige Informationen einstufen und entsorgen wird.

## Lernen in kleinen Lernpaketen

Was kannst du nun aber tun, wenn du z. B. von einem auf den nächsten Tag 30 Vokabeln lernen musst?
Am besten teilst du die Vokabeln in sechs kleine Lernpakete zu je fünf Vokabeln auf. Diese kleinen Pakete lernst dann über den Tag verteilt. Zwischendurch solltest du ausreichend Pausen machen und andere Dinge oder Aufgaben erledigen. Am Abend, wenn du alle Vokabeln gelernt hast, kannst du sie vor dem Schlafengehen noch einmal wiederholen.

## Lernpausen einlegen

Grundsätzlich ist beim Lernen der kluge Wechsel zwischen Lerneinheiten und Pausen sehr wichtig. Dein Gedächtnis funktioniert nur dann optimal, wenn du beim Lernen 100%ig konzentriert bist. Mit zunehmenden Alter steigt zwar die Konzentrationsdauer, aber spätestens nach 30 Minuten ist eine kurze Pause nötig, damit du anschließend wieder mit voller Kraft weiterarbeiten kannst.

## Die Konzentrationsdauer je nach Alter

Die durchschnittliche Konzentrationsdauer beträgt:

| | |
|---|---|
| 5 – 7 Jahre | ca. 15 Minuten |
| 8 – 9 Jahre | ca. 20 Minuten |
| 10 – 12 Jahre | ca. 25 Minuten |
| ab 12 Jahren | ca. 30 Minuten |

## Konzentrationsfähigkeit pro Stunde

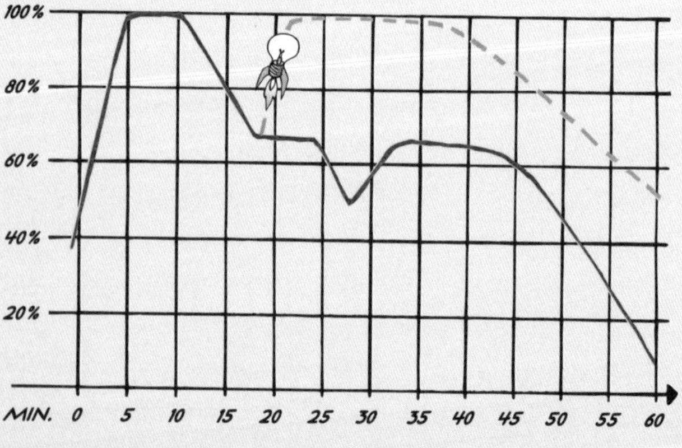

## Pausenplanung und Pausengestaltung

Jeder Sportler braucht nach einer anstrengenden Trainingseinheit eine Pause, damit sich sein Körper ausruhen und neue Energie für die nächste Trainingsrunde sammeln kann. Je besser die Trainingseinheiten und Pausen zeitlich aufeinander abgestimmt sind und je sinnvoller die Pausen verbracht werden, z. B. mit Massagen, Entspannungsübungen oder gesundem Essen, umso besser kann sich der Körper erholen.

So ähnlich ist das auch mit deinem Gehirn. Bei einer guten Pausenplanung ist dein Gehirn über lange Zeit sehr leistungsfähig. Wichtig dabei ist, dass die Pausen mit zunehmender Lerndauer langsam immer länger und die Lerneinheiten immer kürzer werden. Außerdem solltest du darauf achten, dass du die Pausen sinnvoll verbringst. So könnte dein „Trainingsplan“ z. B. aussehen:

## Ein Lernnachmittag

| | |
|---|---|
| 1. LERNEINHEIT | 30 MINUTEN |
| PAUSE (APFEL ESSEN, ZIMMER LÜFTEN) | 3 MINUTEN |
| 2. LERNEINHEIT | 25 MINUTEN |
| PAUSE (MIT DEM HUND GASSI GEHEN) | 10 MINUTEN |
| 3. LERNEINHEIT | 20 MINUTEN |
| PAUSE (BANANE ESSEN, RAD FAHREN) | 15 MINUTEN |
| 4. LERNEINHEIT | 15 MINUTEN |

# So wiederholst du richtig

Bei wissenschaftlichen Untersuchungen hat man herausgefunden, dass die reine Wiederholung von Lernstoff fast keine Festigung im Gedächtnis zur Folge hat. „Stimmt", wirst du jetzt sagen, „ich hab's ja gewusst. Wiederholen ist nicht nur langweilig, sondern bringt auch nichts."

Andererseits hast du wahrscheinlich aber auch festgestellt, dass nach einmaligem Lernen der Unterrichtsstoff oft noch viel zu wackelig abgespeichert ist, um ihn bei der nächsten Klassenarbeit sicher abfragen zu können. Also, was ist zu tun, damit du in Zukunft deinen Lernstoff effektiver und mit mehr Spaß wiederholen kannst?

## Wiederholen auf vielfältige Weise

Am uneffektivsten ist das Wiederholen dann, wenn du nur einen Lernkanal dabei benutzt. Vor allem die Wiederholung durch ständiges Lesen, z. B. beim Vokabellernen, ist fast umsonst. Mehr bringt es, wenn du

- möglichst viele Lernkanäle dabei benutzt (S. 22)
- eine Zusammenfassung schreibst
- eine Übersichtsskizze zeichnest, z. B. als Mind Map (S. 48 f.)
- den Lernstoff einer zweiten Person erklärst
- zentrale Stichpunkte auf Karteikarten schreibst (S. 29 f.)
- Fragen zum Thema formulierst und beantwortest.

## Vermeide Ähnlichkeitshemmungen

Wahrscheinlich hast du schon erlebt, dass dir z. B. im Französischunterricht nur englische Vokabeln einfallen oder umgekehrt. Ähnlich ist es dir vielleicht auch schon mit Mathe- und Physikformeln ergangen.

Solche „Fehlschaltungen“ entstehen dann, wenn du zu ähnlichen Lernstoff ohne Pausen lernst oder wiederholst. Dein Gehirn fühlt sich überfordert und wirft den „überflüssigen“ Ballast wieder ab. Das heißt, dein Gedächtnis vergisst entweder die Englisch- oder die Französischvokabeln oder – im schlimmsten Falle – sogar beide. Um solche Ähnlichkeitshemmungen zu vermeiden, solltest du

- ähnlichen Lernstoff nicht nacheinander lernen (z. B. Englisch, dann Mathe, dann erst Französisch)
- deinem Gedächtnis ausreichend Pausen zur Verarbeitung des jeweiligen Lernstoffs geben
- ähnlichen Lernstoff an verschiedenen Orten lernen (z. B. Englisch in deinem Zimmer, Französisch im Wohnzimmer)

## Tipp: Leg ein Ordnungssystem an

Je besser deine Gedächtnisbibliothek organisiert ist, umso eher kannst du das gespeicherte Wissen dort auch wieder finden. Sehr hilfreich sind dabei für jedes Fach nach Farben sortierte Ordner, Mappen oder Karteikarten.

28

## Langweiligen Lernstoff interessant machen

Leider sind auch die besten Lerntipps meistens vergebens, wenn du beim Lernen kein Interesse am Lernstoff hast. Findest du einen Lerngegenstand langweilig, dann signalisierst du deinem Gedächtnis damit, dass dieses Thema unwichtig ist und sofort wieder vergessen werden darf. Auch häufiges Wiederholen hilft da nur wenig.

Langweiliger Unterrichtsstoff wird interessanter, wenn du nicht nur aus dem Schulbuch lernst, sondern

- dich z. B. im Internet über das Thema informierst
- dir Spielfilme oder Reportagen zum Thema anschaust
- überlegst, welche Fragen du deinem Lehrer zum Thema stellen könntest, die er wohl nicht beantworten kann
- dir aufschreibst, was deinen Freund daran interessiert
- überlegst, welche (Alltags-)Erfahrungen du, deine Familie oder deine Freunde bereits mit dem Thema gemacht haben
- überlegst, welche Bedeutung das Thema für deine eigene Lebensplanung oder -gestaltung hat
- genau aufschreibst, aus welchen Gründen dich das Thema nicht interessiert etc.

Übrigens: Manchmal wird ein Thema erst dann interessant, wenn du schon ein bisschen Wissen darüber gesammelt hast.

## Richtig wiederholen mit der Lernkartei

Zum Lernen, als Vorbereitung auf eine Klassenarbeit und vor allem zum Wiederholen von Lernstoff ist eine Lernkartei hervorragend geeignet. Die Lernkartei hat viele Vorteile:

- Sie verschafft dir einen perfekten Überblick über deinen Wortschatz, wissenswerte Daten, Formeln, grammatische Regeln etc.
- Sie zeigt dir genau an, welche Informationen du noch besser lernen musst und welche du schon sicher im Gedächtnis abgespeichert hast. Das motiviert und du sparst eine Menge Zeit.
- Schon beim Beschriften der Karteikarten können verschiedene Lernkanäle gleichzeitig benutzt werden: Neben dem Schreiben und Lesen kannst du den jeweiligen Lerninhalt auch laut sprechen und per Bild oder Zeichnung darstellen.
- Informationen, die du mit Karteikarten gelernt hast, behältst du besser, weil du sie unabhängig von Seitenzahlen oder Buchkapiteln abgespeichert hast.

…und viele weitere Vorteile, die du bald selbst herausfinden wirst.

30

Für das Erstellen der Lernkartei benötigst du blanko Karteikarten mindestens in DIN-A7-Größe und mehrere Trennscheiben zum Unterteilen in verschiedene Fächer. Verwende außerdem verschiedene Farben zum Beschriften, damit du z. B. Regeln von Beispielen besser unterscheiden kannst. Arbeite zusätzlich mit Zeichnungen und Symbolen, z. B. Vorderseite: englische Vokabel, Rückseite: Zeichnung.

Der folgende Lernrhythmus ist vor allem zum Vokabellernen gut geeignet. Probiere aus, ob der Rhythmus für dich geeignet ist oder ob es einen besseren gibt:

| | |
|---|---|
| 1. Tag: | Neu lernen |
| abends: | 1. Wiederholung |
| nächster Tag: | 2. Wiederholung |
| nach einer Woche: | 3. Wiederholung |
| nach 1 Monat: | 4. Wiederholung |
| nach 6 Monaten: | 5. Wiederholung |

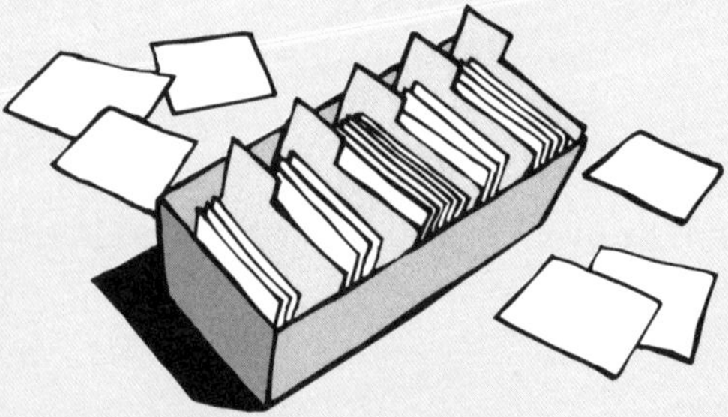

Jede vergessene Vokabel kommt wieder in das Fach „Neu lernen".

# Be cool – Lernen ohne Stress und Angst



Leider gibt es Momente, in denen auch ein Spitzengedächtnis versagt, z. B. wenn du unter Stress stehst oder Angst hast.

**Ursachen von Stress und Angst**

Die Auslöser von Stress sind häufig Störungen, z. B. Lärm, Telefonanrufe etc. oder ganz einfach Zeitnot. Auch die Ursachen von Angst können vielfältig sein. Meist ist es die Angst vor dem Versagen, z. B. etwas Falsches zu sagen und dafür ausgelacht oder getadelt zu werden.

**Wirkungen von Stress und Angst**

Stress und Angst können Veränderungen bewirken:

- Die *Körpertemperatur steigt* (Schwitzen), weil mehr Energie zum Flüchten oder Kämpfen freigesetzt wird.
- *Puls und Atmung* werden schneller (Herzklopfen), damit die Muskeln mit mehr Sauerstoff versorgt werden.
- Die *Muskeln spannen sich an* (Zittern), um schneller reagieren zu können.
- Das *Blut wird dickflüssiger*, damit es bei einer Verletzung schneller gerinnen kann.
- Das *Bedürfnis auf Toilette zu müssen* entsteht, um Ballast für eine schnellere Flucht abzuwerfen.
- Das *Denken kann ausgeschaltet werden*, damit es nicht an der sofortigen, rettenden Reaktion hindert.

## Die Denkblockade

Bei Stress oder Angst werden Stresshormone (z. B. Adrenalin) vom Körper produziert. Diese sorgen dafür, dass die Weiterleitung der Informationen zwischen den Nervenzellen in deinem Gehirn blockiert wird. Die Folge ist eine völlige Denkblockade. Selbst leichte Aufgaben kannst du dann nicht mehr rechnen oder auch gut gelernte Vokablen fallen dir nicht mehr ein.

Die folgenden Tipps sollen dir helfen, mit Angst und Stress besser umzugehen, damit du auch in solchen Situationen auf dein Power-Gedächtnis vertrauen kannst.

## Be cool – Tipps für mehr Ruhe und Gelassenheit

- *Bereite dich gut vor!* Dies ist die Grundvoraussetzung, um ruhig und gelassen z. B. eine Klassenarbeit zu schreiben. Wenn du das Thema gut beherrschst, fühlst du dich wesentlich sicherer.
- *Plane deine Zeit!* Je besser deine Zeiteinteilung beim Lernen oder während einer Klassenerbeit ist, umso gelassener bist du. Die Zeitansage des Lehrers fünf Minuten vor Stundenschluss macht dich dann nicht mehr nervös. (Zum Thema Zeit empfehlen wir dir außerdem das Buch „Zeitmanagement – fit in 30 Minuten.")
- *Lass Dampf ab!* Stress kannst du gut durch Sport abbauen – ob Fussballspielen, Radfahren, Skaten etc., danach ist der Kopf frei und dein Gehirn arbeitet wieder 100%ig.

- *Finde deinen persönlichen Mutmachersatz!* Er kann dich in schwierigen Situationen positiv unterstützen. Beginne ihn mit „Ich“ und formuliere positiv, z. B. „Ich schaff das“, oder „Ich bin ruhig und gelassen“.
- *Mach eine Atemübung!* Atme langsam durch die Nase ein und zähl dabei bis fünf, mach dann zwei Sekunden Pause und atme dann langsam durch den Mund aus, während du rückwärts bis null zählst. Durch die längere Ausatemphase sinkt dein Puls und du wirst ruhiger.
- *Akzeptiere Angstreaktionen!* Wenn du in einer Angstsituation unangenehme Körpergefühle verdrängst, z. B. Bauchschmerzen, dann werden diese Gefühle eher schlimmer. Deshalb nimm diese Gefühle bewusst wahr und akzeptiere sie. Meist wird es dann besser.

## Zusammenfassung

**Dein Gedächtnis arbeitet spitzenmäßig, wenn du**

- **beim Lernen gleichzeitig verschiedene Lernkanäle einsetzt,**
- **den Lernstoff in gehirngerechte Portionen zerlegst und deinem Gedächtnis ausreichend Verschnaufpausen gönnst,**
- **richtig wiederholst, Ähnlichkeitshemmungen vermeidest, Interesse am Thema entwickelst, ein Ordnungssystem anlegst oder eine Lernkartei benutzt**
- **und beim Denken ruhig und gelassen bleibst.**

# 3. Gedächtnis-Turbo einschalten

**Wie kann man seine Gedächtnisleistung verbessern?**

**Was ist das Besondere an der Mind-Map-Methode?**

**Wie entsteht ein perfekter Spickzettel?**

Die „Turbos“ unter den Lerntechniken sind die Mnemotechniken, weil du mit ihrer Hilfe innerhalb kurzer Zeit wesentlich mehr als nur fünf bis sieben Informationen auf einmal speichern kannst. Sie eignen sich vor allem dazu, schwer zu behaltende Vokabeln, Zahlen, Fakten oder auch komplexere Informationen auf direktem Weg in dein Langzeitgedächtnis zu befördern.

Der Trick dabei ist, dass beim Lernen gezielt die Fähigkeiten der linken und rechten Gehirnhälfte miteinander verbunden werden. Vor allem Menschen, die sich dank ihrer besonders leistungsfähigen rechten Gehirnhälfte Bilder sehr gut merken und wieder vorstellen können, nutzen diese Techniken häufig. Auch die Gedächtniskünstler, die du aus dem Fernsehen kennst, arbeiten mit den folgenden Mnemotechniken, um ihre fast unglaublichen Gedächtnisleistungen vollbringen zu können. Vielleicht hast du vor einiger Zeit in stern-tv gesehen, wie ein Mädchen innerhalb kurzer Zeit eine 144-stellige Zahl auswendig lernte. Sie kombinierte dabei die Locitechnik mit der Ankertechnik.

Übrigens: Das Wort „Mnemo“ leitet sich von dem griechischen Wort „mneme“ (Erinnerung) ab. Der griechische Ursprung des Wortes ist kein Zufall, denn schon die alten Griechen wussten sehr genau, mit welchen Techniken sie ihr Gedächtnis zu Spitzenleistungen bewegen konnten.

tnis-Turbo

## Die Locitechnik

Die wohl älteste Mnemomethode ist die Locitechnik. Laut Cicero wurde sie um 500 v. Chr. von dem griechischen Dichter Simonides entwickelt. Eine Anekdote erzählt, dass Simonides bei einer Gesellschaft zu Ehren des Gastgebers ein Gedicht vortragen sollte. Nach seinem Vortrag wurde er weggerufen – zum Glück, denn unmittelbar danach stürzte der Festsaal ein und alle Gäste kamen ums Leben. Da nach dem Unfall die Toten nicht mehr identifiziert werden konnten, aber ein würdiges Begräbnis bekommen sollten, rief man Simonides, der sich noch daran erinnern konnte, wer auf welchem Platz gessessen hatte. Erstaunt über sein Gedächtnis, entwickelte er darauf die Methode der Orte (lat. loci: die Orte):
Er malte sich in Gedanken einen Raum mit markanten Ecken aus, an denen er bestimmte Gegenstände platzierte. Wollte er die Gegenstände später erinnern, musste er nur im Geiste die Ecken des Raumes abgehen. Gedächtnishilfen dieser Art waren sehr wichtig, bevor Bücher und Schreibwerkzeug verbreitet waren. Senatoren prägten sich so die Abfolge ihrer Argumente ein, indem sie diese mit markanten Wegpunkten verknüpften. Auch Schauspieler merkten sich ihre langen Texte, indem sie diese mit den Steinsitzen in der Arena verbanden.

## So funktioniert diese Technik

Verbinde die zu lernenden Infos mit markanten Orten oder, wenn die Reihenfolge wichtig ist, mit bestimmten Punkten auf einer Wegstrecke (z. B. deinem Schulweg).
Wichtig dabei ist, dass du dir für jede Info-Ort-Verknüpfung ein Bild vorstellst, das du dann in deinem Gedächtnis abspeicherst. Je ungewöhnlicher das Bild ist, umso besser kann es sich dein Gedächtnis merken.

## Beispiele

Wenn du ein Referat zum Thema „Internet" möglichst frei halten möchtest, kannst du vorher in Gedanken die Reihenfolge der einzelnen Gliederungspunkte mit markanten Punkten auf deinem Schulweg verknüpfen, z. B.:

- *1. Haustür & Zugang zum Internet*
  1. Bild: Hinter der Haustür befindet sich das World Wide Web.
- *2. Gartenzaun & Websites im Internet*
  2. Bild: Die Latten des Gartenzauns stehen für die unendlich vielen Webseiten im Internet.
- *3. Kiosk & Informationsrecherche im Internet*
  3. Bild: Die vielen Zeitungen am Kiosk informieren über viele unterschiedliche Themenbereiche.
- *4. Ampel & Kommunikation und Spaß im Internet*
  4. Bild: Die Ampel erinnert an eine Lichtmaschine in der Disco. Die Disco ist ein Ort, wo Menschen Spaß haben und miteinander kommunizieren können.

- *5. Schule & Zukunft des Internet*
  In der Schule sollen Schüler auf ihre Zukunft vorbereitet werden.

Das Geburtsdatum von Friedrich Nietzsche (1844) kannst du dir z. B. merken, indem du den Gegenständen auf deinem Regal von links nach rechts die einzelnen Ziffern des Datums zuordnest und dir dabei vor deinem inneren Auge jeweils ein Bild dazu vorstellst, z. B.

- Lampe: Der *Stiel sieht aus wie eine 1*.
- Bücher: Stell dir vor, auf den Büchern liegt eine Lesebrille, deren *Gläser wie eine 8* aussehen.
- Sparschwein: Stell dir vor, auf dem Sparschwein sind *zwei vierblättrige Kleeblätter* gemalt.

Zum Lernen von Zahlen ist vor allem auch die Ankertechnik (siehe S. 43 f) geeignet.

**Übung**

Überlege dir, mit welchen zehn Argumenten du deine Eltern überzeugen kannst, Geld zu einem neuen Fahrrad zuzusteuern, dich auf eine Party zu lassen, mit Freunden in den Urlaub zu fahren …

Leg eine günstige Reihenfolge der Argumente fest und speichere die Argumente mit Hilfe der Locitechnik in deinem Gedächtnis ab.

## Was du mit der Locitechnik alles lernen kannst

Die Locitechnik hilft dir beim Lernen von

- Reihenfolgen einzelner Referatspunkte,
- Argumentationspunkten für eine Diskussion,
- Fakten für eine Klassenarbeit oder mündliche Prüfung,
- Zahlen und wichtigen Daten.

# Die Geschichtentechnik

Wahrscheinlich liest du nicht nur gerne gute Geschichten oder siehst sie dir im Fernsehen an, sondern denkst dir auch selber welche aus.

Bei der folgenden Technik kannst du deiner Fantasie freien Lauf lassen. Hier werden nämlich einzelne Vokabeln durch eine Geschichte miteinander verbunden. Der Verlauf der Geschichte stellt für das Gedächtnis eine Ordnung dar, die es ihm leichter macht, die Vokabeln zu behalten. Mit dieser Technik kannst du innerhalb von zehn Minuten bis zu 20 Vokabeln lernen.

## So funktioniert die Geschichtentechnik

Verbinde die zu lernenden Vokabeln durch eine zusammenhängende Geschichte miteinander. Du kannst sie in Englisch, Französisch etc. formulieren oder eine Kauderwelsch-Geschichte basteln. Kauderwelsch-Geschichten bieten sich dann an, wenn du die Fremdsprache noch nicht gut genug beherrschst oder es sich um lateinische oder griechische Vokabeln handelt.

Vermeide Aufzählungen und Reihungen. Der rote Faden der Geschichte ergibt sich erst dann, wenn jede Vokabel mit einer Tätigkeit verbunden wurde, z. B. „Auf dem Geländer einer *bridge* saß eine *cat* und fauchte. Unter ihr saß ein *dog*."

Versuch dir die Geschichte so echt und lebendig wie möglich vorzustellen. Je ungewöhnlicher oder lustiger die Geschichte ist, umso besser kannst du sie dir merken.

## Ein Beispiel

Angenommen du schreibst morgen eine Vokabelarbeit, bei der auch zehn neue Vokabeln vorkommen. Mit folgender Kauderwelsch-Geschichte könnte dein Gedächtnis die neuen Wörter schnell und sicher abspeichern:
„*Sure* (sicher) waren wir nicht, ob eine *microwave* (Mikrowelle) das richtige Geburtstagsgeschenk für Tom sein würde. Tom war unser neuer *classmate* (Klassenkamerad), der zwar zu allen in der Klasse recht *kindly* (freundlich) war, aber sein *distrust* (Misstrauen) uns gegenüber spürten wir sehr deutlich. Plötzlich hatte ich eine *inspiration* (Eingebung). Wir *cancel* (durchstreichen) die Idee mit der Mikrowelle und *rent* (mieten) ein *rubber dinghy* (Schlauchboot). An Toms Geburtstag fuhren wir damit auf den See und brachten ihm *dive* (tauchen) bei.

## Übung

Such dir ca. 20 kleine „Mistwörter" zusammen – also 20 Vokabeln, die dein Gedächtnis einfach nicht behalten will – und schreib sie auf einen Zettel. Bastle nun aus diesen Vokabeln in maximal 15 Minuten eine möglichst verrückte Geschichte.

## Was du mit der Geschichtentechnik lernen kannst

Hervorragend geeignet ist diese Technik zum Lernen

- von Vokabeln und Begriffen – vor allem dann, wenn du für eine Klassenarbeit von heute auf morgen viele Wörter behalten musst,
- der vielen kleinen „Mistwörter", die dein Gedächtnis nur schlecht behalten kann,
- von Begriffen in einer vorgegebenen Reihenfolge, z. B. bei geschichtlichen Abläufen oder Vorgangsbeschreibungen.

## Tipp

So wie der rote Faden einer Geschichte eine hilfreiche Ordnung darstellt, so stellt auch die Ordnung von Vokabeln nach Wortfeldern für dein Gedächtnis eine große Speicherhilfe dar. Sofern der Lernstoff es ermöglicht, solltest du deshalb versuchen, Wortfelder zu bilden, z. B. Wortfeld „Transportmittel": bike, car, lorry/truck, helicopter, ship etc. oder Wortfeld „Berufe": teacher, engineer, janitor, priest, gardener etc.

## Die Ankertechnik



Was für unglaubliche Gedächtnisleistungen möglich sind, zeigte ein Mädchen in der Sendung stern-tv, als es innerhalb kurzer Zeit eine 144-stellige Zahl auswendig lernte. Wie schaffte sie das?

Sie kombinierte einfach die dir nun schon bekannte Loci-technik (S. 36ff.) mit der Ankertechnik. Zuerst legte das Mädchen 72 aufeinander folgende Stationen, so genannte „Routenpunkte", in seiner Wohnung fest, z. B. 1 das Bett, 2 der Teppich vor dem Bett, 3 der Schreibtisch etc. Nun bestimmte sie 100 Gegenstände für die Zahlen 0 bis 99, die sie zuvor auswendig lernen musste. Die 144-stellige Zahl teilte sie dann in 72 zweistellige Zahlen, die jeweils einem vorher festgelegten Gegenstand entsprachen. Dann mussten die 72 Gegenstände nur noch in genauer Reihen-folge auf die festgelegten Routenpunkte verteilt werden. Waren die ersten beiden Ziffern z. B. 43 und 43 ist die Zahl für „Katze", dann war das erste Bild „Katze in meinem Bett". Natürlich verlangt diese Technik eine Menge Übung.

Zu Recht kannst du dich auch fragen, wozu du eine 144-stellige Zahl auswendig lernen sollst. Was das Beispiel dir aber sehr deutlich zeigt ist, dass ohne das Zusammenspiel der linken Gehirnhälfte (Planung einer genauen Reihenfolge)

mit der rechten (Vorstellung von Bildern, Fantasie) diese Aufgabe unlösbar gewesen wäre.
Auf einfache Weise kannst du die Ankertechnik jedoch auch gut für die Schule nutzen. Die Ankertechnik ist ein Ordnungssystem, das zugleich deine Fantasie optimal unterstützt. Mit ihr verankerst du Vokabeln, Fakten, Argumentationspunkte etc. in deinem Gedächtnis, indem du sie z. B. mit bestimmten Zahlensymbolen verbindest.

## So funktioniert die Ankertechnik mit Zahlensymbolen

Mit den folgenden zehn Zahlensymbolen kannst du viele Informationen in deinem Gedächtnis abspeichern und später sicher wieder abrufen. Betrachte die Symbole auf der folgenden Seite genau und präge dir die dazugehörige Zahl gut ein.

Die Verknüpfung dieser Symbole mit der entsprechenden Zahl beruht auf der bildlichen Ähnlichkeit. Natürlich kannst du dir auch eigene Zahlensymbole überlegen.
Sobald du die Symbole auswendig gelernt hast, kannst du nun jede beliebige Information (z. B. einzelne Referatspunkte, Wörter, Geschichtszahlen, Fakten) mit den Symbolen zu einem Bild verknüpfen.

0

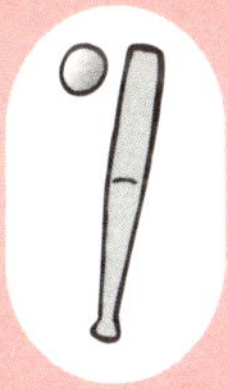
1

2

3

4

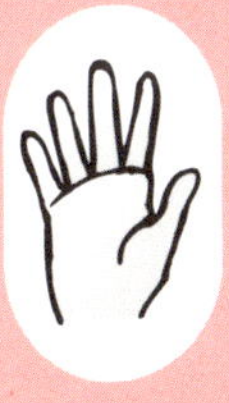
5

6

7

8

9

MEINE ZAHLENSYMBOLE:

0 1 2 3 4

5 6 7 8 9

## Zwei Beispiele

Jedes beliebige Geburtsdatum kannst du dir mit Hilfe der Zahlensymbole merken. Hier sind zwei Beispiele – die Geburtsdaten von Tom Cruise und Britney Spears. Stell dir dabei die Bildfolge deutlich vor. Damit klar ist, dass es sich z. B. um den 2.11. und nicht um den 21.1. handelt, kannst du dir für den Punkt ein bestimmtes Geräusch, z. B. Niesen, Husten, Schreien etc., vorstellen.

**Tom Cruise (3.7.62):** Auf einem Siegertreppchen (3) steht Tom Cruise und schreit vor Freude. Er klaut von einem der sieben Zwerge (7) eine Mütze, um nicht nass zu werden (dabei beschwert sich der Zwerg laut), denn er wird gerade von einem Elefanten geduscht (6). Darauf entsteht um ihn herum eine Riesenpfütze, auf der ein Schwan (2) schwimmt.

**Britney Spears (2.12.81):** Britney Spears sitzt auf einem Schwan (2) und niest. Sie kämpft mit einem Baseballschläger (1) gegen einen anderen Schwan (2). Der Schwan schreit. Dabei verliert er seine Brille (8), und Britney wirft in Siegerpose den Baseballschläger (1) ins Wasser.

**Übung**

Probier es doch auch einmal aus mit:

Christina Aguilera (18.12.80)

Michael Schumacher (3.1.69)

Madonna (16.8.58)

## Was du mit der Ankertechnik lernen kannst

Die Ankertechnik hilft deinem Gedächtnis vor allem bei der Speicherung von

- Reihenfolgen z. B. bei geschichtlichen Abläufen oder
- Vorgangsbeschreibungen,
- einzelnen Referatspunkten (siehe Übung),
- Argumentationsketten für Diskussionen,
- einzelnen Vokabeln oder Begriffen,
- Zahlen und Daten.

## Tipp

Alle diese „Turbo-Techniken" funktionieren deshalb so gut, weil sie die bildliche Vorstellungskraft deiner rechten Gehirnhälfte sinnvoll nutzen. Je besser das in deiner Fantasie gebastelte Bild ist, umso besser kann es dein Gedächtnis speichern. Hier einige Tipps, wie du diese Bilder verbessern kannst: Such dir

- konkrete, lebhafte, farbige und bewegte Bilder,
- gefühlsgeladene Bilder (schlechte wie gute Gefühle),
- eigene Bilder, möglichst lustig und orginell.

## Und noch ein Tipp

Begriffe oder Vokabeln (z. B. ghost/Geist) kannst du lernen, indem du ein ähnlich klingendes bekanntes Wort suchst (z. B. Gast). Dieses Schlüsselwort verbindest du nun durch ein einprägsames Bild mit seiner Bedeutung (z. B. Der Gast deiner Mutter sieht aus wie ein Geist).

# Der pfiffige Spickzettel: Die Mind-Map-Methode

Wer kennt das Spielchen nicht?! Am Abend vor der Klassenarbeit oder noch schnell in der Unterrichtsstunde davor wird versucht, möglichst viele Informationen auf einen möglichst kleinen Zettel zu schreiben, der dann an einem möglichst unauffälligen Ort deponiert wird. In der Regel ist dies stressig und leider auch oft umsonst, entweder weil auf dem Zettel die falschen Vokabeln stehen, der Zettel unleserlich ist, nicht benutzt werden kann oder im schlimmsten Fall vom Lehrer entdeckt wird.

Um diesem Stress vor jeder Arbeit Abhilfe zu schaffen, zeigen wir dir jetzt, wie du so pfiffige Spickzettel entwerfen kannst, dass dir solche Pannen künftig nicht mehr unterlaufen werden. Der große Vorteil dieser Methode ist nämlich der, dass du den Spickzettel, nachdem du ihn gestaltet hast, getrost wegwerfen kannst. Warum?

Weil dieser Spickzettel so angelegt ist, dass dein Gedächtnis alle Informationen, die du auf ihm festhältst, sofort und sicher speichert. Deshalb werden diese Spickzettel auch Mind Maps (Gedächtnis-Karten) genannt. Beim Mind Mapping verbindest du auf sehr effektive Weise die Fähigkeiten deiner linken Gehirnhälfte (ordnen, schreiben, lesen) mit denen deiner rechten Gehirnhälfte (malen, zeichen, Bilder sehen). Die optimale Voraussetzung also für ein Power-Gedächtnis und Spitzenklassenarbeiten!

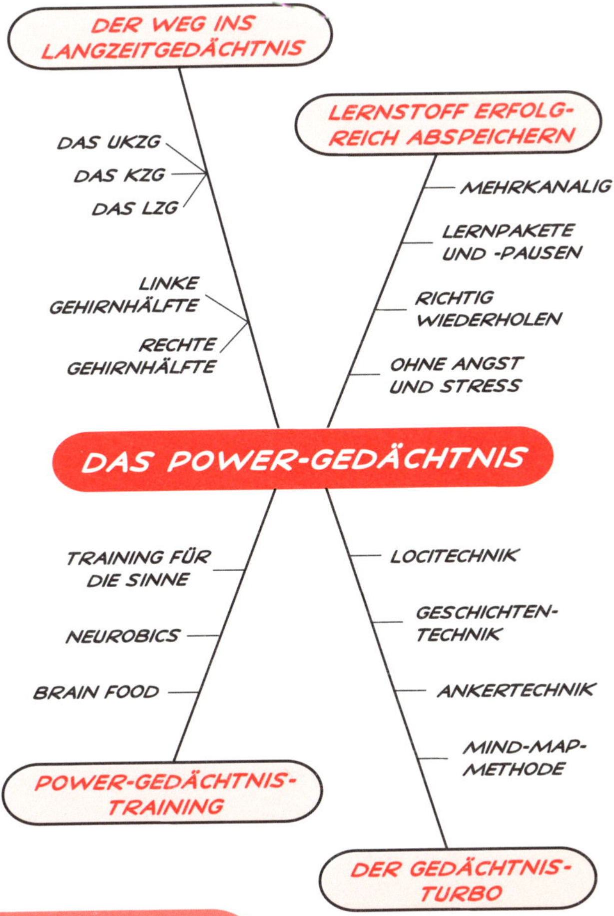

## So funktioniert die Mind-Map-Methode

- *Verwende Blanko-Papier!* Also Papier ohne Linien oder Kästchen.
- *Beschreibe das Papier im Querformat!* Eine Mind Map entwickelt sich eher in die Breite als in die Höhe.
- *Schreibe oder male das Thema in die Mitte des Blattes!* Zeichne darum einen Kreis. So konzentrierst du dich besser auf das Thema.
- *Zeichne für jeden Hauptgedanken einen Hauptast!* Diese entsprechen z. B. den Kapitelüberschriften.
- *Füge weitere Einzelheiten als Nebenäste oder Zweige hinzu!* Hierbei handelt es sich um weiterführende Unterpunkte.
- *Beschrifte deine Mind Maps mit Druckbuchstaben!* Diese kannst du leichter entziffern und so besser speichern.
- *Verwende Schlüsselwörter!* Ganze Sätze sind für dein Gedächtnis zu lang.
- *Verwende Farben und Symbole!* Diese gestalten die Mind Map übersichtlicher und erleichtern das Behalten.

*Nun speichere die Mind Map wie ein Foto in deinem Gedächtnis ab!*

## Ein Beispiel

Die Beispiel-Mind-Map auf der Seite 49 ist zugleich eine gute Übersicht über alle wichtigen Methoden, Übungen etc. zum Thema „Power-Gedächtnis“.

**Übung**

Stell dir vor, du sollst ein Referat in Musik, Sport, Deutsch etc. halten. Wähl dir eine Thema aus und gestalte dazu eine Übersichts-Mind-Map. Verwende dabei unterschiedliche Farben und Symbole.

## Was du mit der Mind-Map-Methode machen kannst

Mit einer Mind Map kannst du

- Ideen sammeln und strukturieren,
- einen Aufsatz oder ein Referat planen und gliedern,
- ein Protokoll anfertigen oder
- einen Spickzettel basteln (und dann wegwerfen!).

**Zusammenfassung**

- **Die „Turbos" unter den Lerntechniken sind die Mnemo (Gedächtnis-)techniken. Mit ihnen kannst du innerhalb kürzester Zeit viele Infos speichern.**
- **Die wirkungsvollsten Mnemotechniken sind die Loci-technik, die Geschichtentechnik und die Ankertechnik. Sie verbinden auf geschickte Weise die Fähigkeiten der linken und rechten Gehirnhälfte miteinander und nutzen vor allem das gute bildliche Vorstellungsvermögen des Menschen.**
- **Mit Mind Maps kannst du ebenfalls viele Infos auf einmal speichern und zudem gute Spickzettel erstellen.**

# 4. Das Power-Gedächtnis-Training

Kann man seine Sinne trainieren?

Was ist „Neurobics"?

Wie beeinflussen Ernährung und Sport die Konzentration?

Menschen lernen über ihre Sinne. Alles, was du siehst, hörst, schmeckst, riechst und fühlst, wird in deinem Gedächtnis kurz festgehalten und anschließend geprüft, ob diese Informationen im Langzeitgedächtnis abgespeichert werden sollen oder nicht. Wie du Infos sicher im LZG abspeichern kannst, hast du bereits in den Kapiteln 2 und 3 erfahren.
Nun ist es aber so, dass manche Menschen besser über das Sehen als über das Hören lernen oder umgekehrt. Bist du z. B. eher ein visueller Typ (wie übrigens die meisten Menschen), dann kann das z. B. zu Verständnisproblemen in der Schule führen, wenn deine Lehrer viel erzählen, aber nur selten mit Tafelbildern oder Skizzen arbeiten.

Wie viel und wie genau du das Gehörte oder Gesehene abspeicherst, hängt im Wesentlichen davon ab, wie ausgeprägt deine Sinneswahrnehmungen sind und wie gut deine linke und rechte Gehirnhälfte zusammenarbeiten. Deshalb erfährst du in diesem Trainingskapitel, wie du

- durch gezielte Übungen deine auditive und visuelle Wahrnehmung schärfen kannst,
- durch Neurobics – den neuen Sport für dein Gehirn – dein Gedächtnis mächtig auf Trab bringen wirst
- und mit Brain Food – der intelligenten Nahrung fürs Gehirn – wahre Spitzenleistungen vollbringen kannst.

# Trainiere deine Sinne

Verbessern oder sinnvoll nutzen kannst du deine auditiven Fähigkeiten bereits, wenn

- du Vokabeln, Fakten oder Texte auf Kassette sprichst und dir immer wieder anhörst,
- ihr euch den Lernstoff gegenseitig erzählt,
- du dir Kassetten und Filme in der Fremdsprache anhörst.

Darüber hinaus kannst du deine auditiven Fähigkeiten mit den folgenden Übungen gezielt trainieren:

## Selektives Hören

Beim selektiven Hören versuchst du, aus einer Menge von unterschiedlichen Geräuschen einzelne Geräusche herauszufiltern. Diese Übung braucht wenig Vorbereitung, und trainieren kannst du sie jederzeit zu Hause oder unterwegs. Hier zwei Beispiele:

- Versuche, im Stimmengewirr einer Straße ein einzelnes Geräusch herauszuhören und eine Weile zu verfolgen.
- Bemühe dich, in einem Pop- oder Klassikstück einzelne Musikinstrumente herauszuhören.

## Gehörte Informationen abspeichern

Bei dieser Übung geht es darum, gesprochenen Informationen bewusst zu zuhören. Nimm dazu z. B. eine Nachrichtensendung aus dem Radio auf Kassette auf. Während der

Aufnahme versuchst du, dem Sprecher möglichst genau zuzuhören und dir zu merken, welche Nachrichten er vorgelesen hat.
Nach einer Pause notierst du alles, was dir noch in Erinnerung geblieben ist, auf einen Zettel, z. B. in Form einer Mind Map (siehe Seite 48 ff.), und überprüfst es anschließend anhand der Aufnahme.
Natürlich kannst du diese Übung auch mit Radiosendungen oder Hörkassetten zu jedem anderen Thema machen.

### Fantasiegeräusche ausdenken und hören

In deiner Fantasie kannst du dir nicht nur Bilder, sondern auch Geräusche vorstellen. Mach es dir dazu an einem ungestörten Ort gemütlich und versuche, bekannte Geräusche, fremde Klänge oder ganze Sinfonien zu hören.

### Hörmemory

Viel Spaß macht es auch, das Gehör mit einem Hörmemory zu schärfen. Das Spiel kannst du dir selber basteln. Dazu nimmst du ca. 30 leere Filmrollendosen und füllst immer zwei davon mit Sand, Wasser, kleinen Steinen, Reis etc. Dann verschließt du die Dosen und verteilst sie wahllos auf dem Tisch. Versuche nun durch Schütteln und Hören herauszufinden, welche zwei zusammengehören.

Deine visuellen Fähigkeiten kannst du nutzen und verbessern, indem du z. B. beim Lernen

- Mnemotechniken einsetzt (Kapitel 3),
- die Mind-Map-Methode nutzt,
- mit Farben, Symbolen und Unterstreichungen arbeitest,
- Skizzen, Bilder, Flussdiagramme anfertigst.

Gezielt trainieren kannst du deine visuellen Fähigkeiten darüber hinaus mit folgendem Trainingsprogramm:

**Drei Schritte zum bewussten Sehen**

1. *Beobachte Einzelgegenstände!* Betrachte einen Gegenstand, z. B. eine Vase, ganz genau. Danach schließ die Augen und versuch dich an die Form, Farbe, das Material, Muster etc. zu erinnern. Nun vergleich dein inneres Bild mit der richtigen Vase.
2. *Beobachte einen Raum!* Schau dich z. B. in deinem Zimmer genau um. Versuch dich nun in Gedanken an alle Details zu erinnern. Nun überprüfe deine Erinnerung.
3. *Blick aus dem Fenster!* Ohne vorher hinauszuschauen stell dir genau vor, was du alles sehen könntest, wenn du z. B. aus dem Küchenfenster siehst. Dann überprüfe deine Vorstellung.

**Und: Spiel KIM-Spiele!**

Hierbei wird an einer vorgegebenen Situation, z. B. zehn Gegenständen, etwas verändert. Durch genaues Beobachten sollst du dann die Veränderung herausfinden.

# Neurobics fürs Gehirn

Mit regelmäßigen sportlichen Übungen für dein Gehirn kannst du die Leistungen deines Gedächtnisses spitzenmäßig verbessern. „Neurobics“ heißt die neue Sportart, die von dem Neurobiologen Larry Katz erfunden wurde. Neurobics ist nichts anderes als eine Nervengymnastik, bei der du die Welt sinnlich neu erfährst. Alltägliche Vorgänge oder Handlungen, die du routinemäßig ausführst, werden ein wenig verändert. Dadurch ruhen die im Gehirn dafür üblicherweise vorgesehenen Regionen und andere werden neu benutzt. Deine Sinne und dein Gedächtnis werden so wesentlich wacher, flexibler und damit leistungsfähiger. Probier die folgenden Übungen von Larry Katz einfach einmal aus:

### Die Dinge des Alltags mit der „falschen“ Hand machen

Ob Zähneputzen, Schuhebinden oder das Halten einer Tasse, versuch alles mit der „verkehrten“ Hand zu machen.

### Mit geschlossenen Augen sehen

Meist orientiert man sich mit den Augen. Deshalb versuch z. B. beim Duschen die Seife, den Waschlappen oder das Shampoo zu erfühlen und den richtigen Schlüssel in deiner Hosentasche zu ertasten. Schließ deine Augen z. B. auch im Bus, Zug oder der U-Bahn und versuch, die Haltestellen anhand der jeweils typischen Geräusche zu erkennen.

58

## Die Dinge auf den Kopf stellen

Versuch Altbekanntes zu verändern, z. B. an deinem Arbeitsplatz, indem du den Papierkorb umstellst und das Bild auf deinem Schreibtisch oder die Uhr in deinem Zimmer auf den Kopf stellst. Auch die Sitzordnung am Mittagstisch könnt ihr einfach einmal ändern.

## Kochen nach Lust und Laune und beim Essen die Ohrstöpsel nicht vergessen

Jedes Familienmitglied darf sich eine Speise aussuchen, die z. B. beim Mittagessen gegessen werden soll. Seltsame, aber für den Geschmacksinn äußerst anregende Kombinationen sind dabei vorprogrammiert: Steaks und Himbeersauce – hmmm. Geschmacks- und Geruchssinn sind noch sensibler, wenn du deine Ohren verstöpselst und ihr schweigend das ungewöhnliche Mahl genießt.

## Neue Wege gehen

Immer wieder Neues entdecken kannst du, wenn du deinen üblichen Weg zur Schule, zum Supermarkt oder zur Sporthalle verlässt und auf anderen Wegen deinen Bestimmungsort aufsuchst.

## Schräge Hausmusik machen

Ungewohnt und deshalb anregend neu für dein Gehör ist Hausmusik auf Haushaltsgegenständen – auch wenn ein solches Rockkonzert etwas schräg klingt.

# Ausdauer und Nahrung für die „grauen Zellen“



Neben den vielen Möglichkeiten, durch sinnvolle Gedächtnistechniken oder gezieltes Training die Leistung deines Gedächtnisses zu erhöhen, gibt es noch zwei weitere sehr effektive Wege zur Spitzenleistung, nämlich

- körperliche Bewegung und
- gesunde Ernährung (Brain Food).

## Geistige und körperliche Ausdauer gehören zusammen

„Use it or lose it“. Das ist einer der wichtigsten Sätze der Mediziner. Er bedeutet, wenn du deine Muskulatur und dein Herz-Kreislaufsystem nicht forderst, dann verlierst du an Kraft und Ausdauer. Die Folge ist, dass du dich schneller müde, schlapp und lustlos fühlst und außerdem anfälliger bist für Krankheiten. Die fehlende körperliche Ausdauer kann sich dann schnell auch in fehlende Ausdauer beim Lernen und in Konzentrationsproblemen niederschlagen. Deshalb solltest du dich mindestens 8 Stunden in der Woche sportlich betätigen. Die positiven Nebeneffekte können sich sehen lassen:

- bessere Konzentration,
- höhere Motivation,
- weniger Lernstress,
- schnelleres Denken,
- mehr Gesundheit und
- gute Laune.

In einer englischen Schule gaben Forscher einem Drittel der Schüler einer 6. Klasse täglich ein genau abgestimmtes Vitamin- und Mineralpräparat. Das zweite Drittel der Klasse bekam ein Placebo und das dritte Drittel gar nichts. Nach einem Schuljahr wurde mit allen Schülern ein Standard-Intelligenz-Test durchgeführt. Das Ergebnis war erstaunlich: Bei der ersten Gruppe war der IQ um mehr als 10 Punkte gestiegen, bei den beiden anderen Gruppen hingegen nur um 2 Punkte, was dem normalen Lernfortschritt in dieser Zeit entspricht. Offensichtlich macht die richtige Nahrung also schlau! Aber was ist die richtige Nahrung?

**Die Feinde: Fett und Süßigkeiten**

Diese beiden sind es nicht. Deshalb solltest du Schokolade, Cola, Chips etc. vor allem beim Lernen meiden. Sie machen nicht nur dick, sondern mindern das körperliche Wohlbefinden und vor allem die Konzentration.

**Die Freunde: Eiweiß, Vitamine, Mineralstoffe und Kohlenhydrate**

Diese vier Freunde sind die Kraftspender für geistige und körperliche Energie. Du findest sie vor allem in frischem Obst und Gemüse und in Vollkornprodukten.

Mehr über richtige Bewegung und Ernährung kannst du in dem Buch „Fitness – fit in 30 Minuten" erfahren.

## Weiterführende Bücher



Birkenbihl, Vera F.: *Das „neue" Stroh im Kopf?*
36. Auflage. Offenbach: GABAL Verlag 2000

Buzan, Tony & North, Vanda: *Mind Mapping*
Wien: htp-Verlag 1997

Geisselhart, Roland R. & Burkart, Christiane:
*Gedächtnis-Power*
Offenbach: GABAL Verlag 1997

Geisselhart, Roland R. & Burkart, Christiane:
*30 Minuten für beruflichen Erfolg mit dem Power-Gedächtnis*
Offenbach: GABAL Verlag 1999

Sauer, Christiane & Konnertz, Dirk: *Abi mit Methode*
Bayreuth: Schmidt Verlag 1998

Sauer, Christiane & Konnertz, Dirk & Kneip, Winfried:
*Lern-Landkarten*
Mühlheim a.d. Ruhr: Verlag an der Ruhr 1998

Sauer, Christiane & Konnertz, Dirk:
*Lernspaß – fit in 30 Minuten*
Offenbach: GABAL Verlag 2000

Svantesson, Ingemar:
*Mind Mapping und Gedächtnis-Training*
5. Auflage. Offenbach: GABAL Verlag 1998

## Online-Gedächtnistrainer

http://medialine.focus.de/M/MD/MDC/mdc.htm
http://www.t-online.de/bildung/inhalte/jobbii07.htm

# Stichwortregister

Zeitmanagement
FÜR KIDS
– fit in 30 Minuten
Lothar J. Seiwert
Dirk Konnertz
GABAL
Kids auf der Überholspur

Lernspaß
– fit in 30 Minuten
Dirk Konnertz
Christiane Sauer
GABAL
Kids auf der Überholspur

Selbstbewusstsein
– fit in 30 Minuten
Barbara Hipp
GABAL
Kids auf der Überholspur

Fitness
– fit in 30 Minuten
Ulrich Strunz
Dirk Konnertz
GABAL
Kids auf der Überholspur